<u>Dieses kleine Buch wird Andre und den Fachhochschulklassen gewidmet</u>

Verlag: BoD • Books on Demand GmbH, In de Tarpen 42, 22848 Norderstedt

Druck: Libri Plureos GmbH, Friedensallee 273, 22763 Hamburg

ISBN: 978-3-7597-6658-8 (Druck)

ISBN: 9783759781765 (E- Book)

Das Leben mit Andre

Im Urlaub

Vorwort:

Hallo, ich stelle kurz die Situation vor, um Sie in diese witzige Geschichte zu bringen. Vorab, dies soll niemanden Beleidigen, es dient nur der Unterhaltung!
Hier drin soll es um meinen jetzt alten Klassenkameraden Andre gehen, eine grobe Beschreibung folgt, doch wie habe ich ihn kennen gelernt?

Ich selbst ging mit einem erweiterten Sekundarabschluss auf eine berufsbildende Schule, mit dem Vorhaben, die Fachhochschulreife zu erwerben, was auch souverän gelang, mit einem Durchschnitt von 3,0.

In der zwölften Klasse, nach dem einjährigen Praktikum, bekamen wir vier neue Schüler, drei ehemalige Azubis und ein Sitzenbleiber (welcher sofort die Klasse

wechseln wollte zu seinen Freunden, was
nicht gelang) und es mussten sogar welcher
aus der bisherigen Klasse gehen, um Platz
für die neuen zu machen.
Dadurch wurden wir insgesamt 19 Schüler,
mit dem gleichen Lehrer wie im Vorjahr.

Einer von den Azubis war der Andre, um
welchen es nun und auch vielleicht in
anderen Teilen (Schule, Partys) noch gehen
soll.
Er ist momentan 21 Jahre alt, kommt aus
einem nahegelegenen Dorf und humpelt
aufgrund einer Krankheit.
Zudem fangen seine Sätze, falls er denn
mal spricht, mit einem langen "Ähhmm" an,
dann eine kurze Pause, gefolgt von einem
"also …"., wobei er auch noch langsam
spricht.
Das ist ja nicht schlimm, seine Art an sich
jedoch schon.
Seine Faulheit in der Schule, sein tägliches
zu spät kommen (selbst bei jeder
Abschlussarbeit) und seine genervten
Reaktionen zu den Lehrern machen Ihn
nicht gerade sympathisch, wobei er auch

noch gerne einfach so in den Unterricht redet und auch teilweise dumme und unangenehme Fragen stellt, vor allem bei Witzen und Erzählungen der Lehrer. Dies aber gehört in ein anderes Buch und denken Sie immer daran, er ist kein Freund von mir, sondern ein entfernter Bekannter!

Kapitel I, die Planung:

Weiter soll es gehen mit der Geschichte unserer Abschlussfahrt nach Lloret de Mar, welche wir nur von den Schülern durchgeführt haben, da wir sonst keine richtige hatten. Ausgenommen der Fahrt in den Movie Park, einen Tag nach unserer letzten Abschlussarbeit mit anschließendem ganztägigen Besäufnis in der Stadt, es wurden für ein paar eine wilde Fahrt.

Geplant, vom Hotel bis zu den Zuglinien, wurde es von den Frauen der Klasse, besonders Kora und Emma, vielen Dank nochmal dafür.
Und obwohl Andre sonst immer zu spät kommt, war er es, der als erstes bezahlt hat, zu unserer Verwirrung.
Das größte Problem war für uns die Zimmerverteilung, da niemand erst freiwillig mit Ihn auf ein Zimmer wollte, da wir dachten, dass er an unsere Sachen ginge, nicht duschen und generell nerven würde. Teilweise hatten wir Recht. Ich habe sofort gesagt, dass ich mit Jan und Niklas, mit

welchen ich in der Klasse am meisten
Kontakt habe, mir ein Zimmer teilen würde,
auch, um Andre nicht drin zu haben.
Eines Tages, wo unsere Rechnungswesen-
Lehrerin uns eine extra Lernstunde gegeben
hat, mit freiwilligem Erscheinen, haben wir
in der Zwischenzeit die Zimmerverteilung
vorgenommen. Das freiwillige Erscheinen
nahm sie wörtlich, da sie selbst nämlich
eine Stunde zu spät kam.

Chris, der Sitzenbleiber, hat die Rolle des
Schreibers übernommen und die Personen
nebeneinander an die Tafel geschrieben,
die mit jemand anderem auf ein Zimmer
wollen.
Ausgerechnet Andre war an diesem Tag
nicht da, es war zwar freiwillig, aber sonst
war ja auch jeder andere da.
Nachdem jeder mit seinen Freunden in die
Zimmer aufgeteilt war, blieb nur Andre
übrig, oh Wunder. Da es nur Zwei-, und
Dreibettzimmer gab, war ich sicher. Es kam
auch die Idee, ob er ein Einzelzimmer
bekommt, was zwar teuer war, sich aber
gelohnt hätte. Doch Kora, die sich um das

Hotel gekümmert hat, blieb leider bei Zwei-, und Dreibettzimmern.

Zum Glück waren Nikita und Marc, die anderen beiden ehemaligen Azubis, damit letztlich einverstanden, Andre mit aufs Zimmer zu nehmen und alles war geklärt.

Kapitel II, die Hinreise:

Die Reise ging von Montag bis Freitag.
Getroffen haben wir uns um
9:40 Uhr morgens bei dem Bahnhof, wo es
für mich schon die erste Überraschung gab.
Der riesige, von Kratzern und Dellen
übersähte, gelbe Koffer. Ich dachte mir
schon, wem er gehört, denn Andre hat
sämtliche Gegenstände in Gelb, z. B.: seine
Schultasche oder sein Federmäppchen.
Und tatsächlich, kaum gedacht, setzt sich
Andre auf diesen Koffer.
Dann steht er wieder auf und läuft im Kreis
und fasst auch ohne Grund irgendwelche
Sachen an.
Dies macht er ziemlich häufig, angeblich,
wegen seinem Bein, die bereits genannte
Krankheit.
Außerdem auch, um sich die Frauen
anzugucken, dass soll er meinem
Klassenkameraden gesagt haben, genau
weiß ich es nicht, passt aber zu Andre.
Um 9:56 Uhr kam der Zug (mit sechs
Minuten Verspätung, danke DB) und da fing
es auch schon an.

Als der Zug einfuhr, hob Andre seinen Arm und zeigte den Daumen hoch, wie einer, der mitgenommen werden will. Im Zug war er dann auf einmal weg.

Er ist bis an das Ende des Waggons gegangen und hat sich in die freie Fläche zwischen zwei Sitzbänken gesetzt. Zudem hat er die Routen des Zuges bis nach Düsseldorf, wo der Flughafen ist, in unsere WhatsApp Gruppe geschickt.

Als wir in Hemm umsteigen mussten, hat Andre Kora mit lauter Tipps und angeblichen Fehlern genervt, was vor allem Kora sehr die Stimmung zerstörte. Dann mussten wir wegen Andre ganz schnell zum Bahngleis zwei laufen, da er einen "Fehler" entdeckte. Da stand auch tatsächlich er richtige Zug, jedoch stand er genau dort auch eine halbe Stunde später. Diese Zeit nutzten welches zum Essen oder wie Andre zum Klogang.

Auf Bahnhöfen kostet dies allerdings Geld und nachdem er nach wohl ungelogen 10 Minuten wiederkam, fragte er in die Runde nach einem Euro und offenbarte seine

Verwunderung, dass man nicht mit seinem
Handy bezahlen kann. Auch später bezahlte
er alles mit Handy.
Nachdem Chris ihm dann einen Euro
gegeben hatte, verschwand er für weitere
10 Minuten. Dann ging die Fahrt weiter und
nach mehreren Umsteigen erreichten wir
Düsseldorf, genauer den Bahnhof zum
Flughafen. Dort rannte Andre vor und
schickte ein Bild von unserem Flug in die
Gruppe, wo allerdings nichts neues
draufstand.
Als wir uns nach der Fahrt in der Sky Train
wieder gesammelt haben und Andre auch
fremde Menschen nach irgendwas gefragt
hat, wollte er mit Aufzug fahren und ging auf
diesen zu. Wir anderen gingen als Gruppe
zur Rolltreppe, wohin er widerwillig folgte.

Beim Check- in, wo so gut wie nichts los
war, wurden wir als Gruppe in kleineren
Zwei- bis Vierergruppen eingecheckt
werden sollten, doch Andre sagte dem
Mitarbeiter, dass er ja nicht wirklich zu uns
gehörte und stellte sich weg von uns. Daher
konnte ich leider nicht sehen, wie schwer

sein Koffer war, ich hätte wetten können auf
Übergewicht.

Dann bekam jeder sein Ticket und wir sind
Essen gegangen. Auf der Suche nach dem
goldenen M kam ein Hundebesitzer vorbei
und Andre musste erstmal ausgiebig diesen
Streichen, den Hund, nicht den Besitzer. Wir
haben währenddessen gemerkt, dass MC's
unten ist und sind Pizza essen gegangen.
Dabei hat Andre Nikita, kurz nachdem wir
überhaupt erst saßen, 50€ in die Hand
gedrückt und ihm gesagt, dass er eine Pizza
wolle und ging. Nachdem wir bestellt haben,
kam er wieder. Wir erzählten von der
Bestellung und er verschwand. Er lief am
Eingang hilflos rum, bis ihn ein Mitarbeiter
ansprach, wie ich später merkte, hat er sein
Getränk bestellt. Dieses war nach nicht mal
4 Minuten leer.
Während des Essens stand er immer wieder
auf, zog sein Pullover aus, warf ihn über
den Stuhl, zog ihn wieder an, wickelte ihn
um seine Hüfte und zog ihn am Ende wieder
an. Beim Metallscanner und in der Lodge
vor dem Gate war er, glaube ich, gar nicht

bei uns. Beim Gate lief er wieder im Kreis oder guckte sich die Flugzeuge an.

Im Flugzeug herrschte keine Sitzordnung innerhalb unserer Gruppe, wodurch ich zwischen einer etwas dickeren Frau und Andre saß.
Der schlimmste Flug meines Lebens, übrigens auch mein erster (der Flug an sich war nicht schlimm) und wir waren noch an Land.
Anfangs zeigte Andre mir sein Handy, wo er eine Beleidigung über diese Frau geschrieben hat und lachte. Als er dann den Spruch "Ich wäre auch lieber eine Popcorntüte" auf der Kotztüte gelesen hat, lachte er wohl 5 Minuten lang laut darüber. Meine Klassenkameradinnen hinter mir waren da schon gut genervt von ihm. Dann holte er sein Handy raus und guckte "Paw Patrol", nochmal, er ist einundzwanzig und guckt eine Kleinkinderserie. Ich dachte mir zwar was, sagte aber nichts, stattdessen machte ich selbst Sudoku. Als er das sah, kam der "witzige" Spruch: "Du bist ein richtiger Allman"., und lachte.

Worauf ich reagierte: "Zumindest bin ich erwachsen".
Die Blicke meiner Klassenkameradinnen hinter mir, die das gehört haben, da Andre nicht gerade leise sprach, hätten töten können. Wohl haben sie Ihn immer wieder gesagt, dass er nicht so laut reden soll. Dann zeigte er mir das Lied " vierzig Jahre die Flippers" und meinte, dass er mich damit auf dem ganzen Flug nerven will, wobei er so komisch grinste. Ich war eh schon genervt und schüttelte nur den Kopf.

Er erzählte mir, dass er schon häufig geflogen ist, einmal sogar allein in den Urlaub, auf eine Insel. Dort hätte er auch ruhig bleiben können.
Er würde das alles ja auch so gut kennen, zu seinem Wissen über das Fliegen kommt später noch mehr.

Außerdem ist er auch häufig mit seinen Eltern zu Hardstyle- Konzerten gegangen, da er die Musik so gerne höre, was ich später im Hotel auch bestätigen konnte.
Komisch, ich dachte, man würde mit

Freunden auf so welche Konzerte gehen,
egal.
Dann bewegte sich endlich das Flugzeug,
die Mädels hinter mir wünschten mir einen
nicht so schlimmen ersten Flug, mit einem
kleinen Augenwink zu Andre, woraufhin ich
mich mit einem kleinen Lächeln bedankte.

Der Flug selber war nicht so schlimm, da
Andre schlief, doch dabei nahm er mir, mit
seinen angewinkelten Beinen, auch noch
teilweise den eh schon knappen Platz weg.
Egal, zumindest hielt er die Klappe.

Nach dem Landen, wo wir nach einem
zweieinhalbstündigen Flug endlich wieder
gehen konnten, war er schon ganz hibbelig
und wollte sofort aufstehen, doch ich habe
mir alle Zeit der Welt genommen.
Wir sind dann als Gruppe zu der
Gepäckausgabe gegangen, er voran. Dort
angekommen, standen wir als Gruppe am
Laufband, an der ersten Kurve. Als ganze
Gruppe? Nein, ein einziger Stand ganz
vorne am Band und wartete sehnsüchtig auf
seinen scheiß gelben Koffer. Dabei lief er im
Kreis und zitterte glaube ich sogar wegen

der Vorfreude.
Wir wundern uns, ein paar lachten, wir vermuteten nämlich schon, dass er da gleich reinklettert und den Koffer selbst holt.

Bis auf ein paar Runden im Kreis laufen ist nichts weiter passiert, bis wir dann im Bus saßen. Dort aber machte Chris leider Probleme, denn er wollte einfach das Zimmer wechseln, und zwar zu Nikita und Marc.
Die, die sich bereit erklärt hatten, Andre aufzunehmen. Dieser sollte dann zu Jan und mir aufs Zimmer, da Niklas leider doch nicht mitfuhr.
Wir hätten über seinen Kopf hinweg entschieden und dass die Drei zeitgleich zurückkommen würden, waren seine Argumente, welche beide letztlich nicht stimmten. Streng genommen hat gerade Chris über Andre' s Kopf hinweg entschieden, da er ja die Zimmerverteilung ohne ihn gemacht hat. Was Andre dabei tat? Wir sollten das unter uns klären, so, als wäre er das große Los, um welches wir streiten wollen.

Dann wurde Chris auf mich und Jan sauer, entschieden wurde es dann so:
 Chris war beim Zimmerbetreten sofort in dem "Azubis" Zimmer, halbnackt, da er duschen wollte und Andre stand auf dem Flur und lief im Kreis. Da er mir leidtat, nahm ich ihn letztendlich mit aufs Zimmer. Wie dumm ich doch war. Und wer sagt: "Wir schlafen da ja nur, ist doch egal", der hatte noch nie Andre auf dem Zimmer.

Er lief ganze Zeit in Unterhose durchs Zimmer, wenn überhaupt.
 Er machte immer, wenn er ins Badezimmer ging laut Hardstyle- Musik an, lies auch gerne mal die Tür beim Klogang offen und im Badezimmer hatten wir Atlantis, kurz zusammengefasst.
Was ich mit Atlantis meine? Jan und ich versuchten immer, nach dem Duschen uns in der Kabine bestmöglichst abzutrocknen, damit nicht alles nass wird. Andere legen ein Badetuch auf den Boden. Andre ist alles egal und geht einfach so aus der Duschkabine. Der ganze Boden war nass und falls jemand nach dem Strandbesuch

mit Schuhen kurz aufs Klo wollte, war alles maschig.

Abends sind wir dann halbwegs als Gruppe gemütlich an eine Strandbar gegangen, danach in so eine deutsche Shishabar. Nach einem Drink war Andre ganz hibbelig und unangenehm, schlimmer als sonst.

Kapitel III, Frechheiten und Merkwürdigkeiten von Andre:

Zu Beginn des Kapitels sollte ich kurz erklären, dass Andre ein sehr langsamer Mensch ist, wenn er will. Bis er einen Satz zu Ende spricht, vergeht einige Zeit. Auch beim Essen braucht er lange.

Kleine Geschichte zwischendurch:
Eines Tages fielen bei uns die letzten zwei Stunden aus und mehrere aus der Klasse wollten daraufhin zusammen Essen gehen bei Schnitzel Welt und Andre hat sich selbst dazu eingeladen. Er wusste jedoch nicht, wo das Restaurant war und fuhr hinterher. Als wir vor Ihm ankamen, (er kam viel zu spät) hatte er schlecht geparkt, er fährt übrigens einen kleinen VW Up, und hat seine Maske vergessen. Zurzeit hatten wir FFP 2- Maskenpflicht. Andere haben ihm schon eine angeboten, er lehnte jedoch ab und wir anderen gingen schon rein. Als er dann später reinkam, hatte er nur eine OP-Maske, woraufhin die Angestellte ihn rausschickte. Dann kam er mit einer

richtigen an, wurde gefragt, ob er seinen
Impfausweis oder einen Negativen Test
dabeihätte. Sein Handy hatte kein Akku
mehr, er war zudem nur zweimal geimpft
(hat ein Problem mit Impfungen, dem
System und dem Staat). Daraufhin fuhr er
los und wollte sich den Genesenen- Status
holen, dieser zählte aber er nach einer
gewissen Zeit, daher machte er ein
Coronatest an einer Teststelle. Mit diesem
negativen Test fuhr er zu uns, wobei wir
schon fast fertig waren mit Essen. Er hat
uns nicht gesagt, wohin er fuhr, er war für
uns einfach weg, lange weg. Als er wieder
ankam, zeigte er seinen Test vor und setzte
sich zu uns, erklärte kurz, wo er war und
ging ohne Maske zur Kasse, um etwas zu
bestellen. Anfangs ging ich, und kurze Zeit
später auch die anderen, zur Kasse, um zu
bezahlen und zu verschwinden. Nur Chris
und Nikita blieben letztlich bei ihm und Chris
erzählte uns im Nachhinein davon. Andre
hat wohl ziemlich viel komische Sachen
gesagt, zum Beispiel über den Staat uns
das die alle eh nichts könnten und das ihm
keiner etwas vorschreiben könne. Dabei aß

er so langsam und einmal sagte er, dass
das Schnitzel nicht schmecken würde, legte
sein Besteck aus der Hand und fing erst
eine viertel Stunde später wieder an zu
essen. Insgesamt haben Chris und Nikita
eine ganze Stunde länger dagesessen und
gelitten.

Wieder im Urlaub.
Bei einem Essen am Strand, jeder von uns
Jungs hat eine Pizza bestellt, stand er auf
einmal auf, bezahlte, wie fast alles, mit
seinem Handy und verabschiedete sich, da
er aufs Zimmer wollte. Dann war er weg,
während wir da noch (s)aßen, nett von ihm.
Als wir, unser Zimmer, eines Abends
gemeinsam im Hotel Abendessen gehen
wollten, wartete ich auf Jan und Andre.
Dieser sagte: >Schuldigung, aber ich gehe
schon<, und war weg. Die Minute konnte er
einfach nicht abwarten.

Als wir mal gemeinsam zum Strand liefen,
lief ich neben Andre und wir redeten. Ich

weiß wirklich nicht wieso, aber wir sprachen über den Flug und da meinte er, dass Flugzeugfliegen nicht schwierig sei und er das locker auch könnte. Kein Witz, er meinte es ernst. Wieso er das könne? Sein Kumpel habe ihn mal ein Modellflugzeug fliegen lassen, das wäre ja kein großer Unterschied. Wo er nicht Recht hat, hat er nicht Recht.

Als Jan und ich um 3 Uhr nachts nach dem Club zurück auf unser Zimmer gegangen sind, Andre war schon früher gegangen als wir, waren wir extra leise, da wir dachten, dass er schläft. Wir öffneten die Tür, schlichen uns zu den Betten, guckten, ob er schlief, keiner da.
Wir gingen zum Badezimmer, wo Andre auf einmal nackt rauskam mit den Worten: "Nicht gucken, bin nackt". Das musste er mir nicht zweimal sagen. Wenn man sich schon ein Zimmer teilt, mit Leuten, die man nur als Bekannte bezeichnen würde, sollte man genug Anstand haben, sich anzuziehen. Dies wurde nämlich nicht besser. Als wir, glaube am nächsten Morgen, aufstanden

fürs Frühstück, stellte er sich einen Wecker auf 9 Uhr, 9.05 Uhr, 9.10 Uhr, 9.20 Uhr, 9.25 Uhr, 9.30 Uhr und stand dann gar nicht mehr auf. Er lag den ganzen Tag im Hotelzimmer und guckte Netflix. In Lloret de Mar. Für 450€. Er fragte uns sogar, ob es einen Lieferservice hier geben würde, Faulheit hoch 10.

Eines anderen morgens war ich halbwegs schon um 8 Uhr wach. Auf einmal stand Andre panisch, nur in Unterhose gekleidet, auf, "rannte" zum Badezimmer, ganz außer Atem und lies die Tür dabei einfach offen. Ich hielt mir die Ohren zu, was sollte ich sonst machen. Die Sache mit der Tür wurde übrigens nicht besser. Oh, außerdem hatte er laut Hardstyle- Musik an, wenn er ins Badezimmer ging, was mich leicht reizte.

Atlantis habe ich ja bereits erwähnt, damit bleiben nur noch zwei größere Sachen, die mir so bei Ihm auffielen, die mich auf dem Zimmer an Ihm störten.

1. Die Sache mit dem Fernsehen.
   Jan und ich hatten NTV angehabt,
   dem fast einzigen deutschen Sender
   im Hotel, neben Sendern für
   Kleinkinder, oder Andre.
   NTV fand er leider langweilig, doch als
   die Werbung von "Seats and Sofas"
   lief, sang er auch gleich den Namen
   mit. Es tat mir da auch weh in den
   Ohren, sagte aber nichts.

2. Die Sache mit dem Kofferpacken am
   Tag vor dem Rückflug.
   Wir packten im Voraus schon so gut
   es ging unsere Sachen, da es am
   nächsten Tag früh schon wieder weg
   ging. Andre legte dazu seinen
   riesigen, Macken reichen, gelben
   Koffer auf diesen kleinen Hocker im
   Zimmer. Als dieser offene Koffer wie
   erwartet runterfiel, nachdem Andre
   seinen Gelben Sack mit
   Schmutzwäsche, welcher die ganze
   Zeit im Badezimmer lag, damit wir
   anderen diesen sehen konnten, sehr

dumpf da reinstopfte, wurde Andre sauer.

Er schrie mit seiner dunklen langsamen Stimme: "Fuck". Er war richtig wütend, dass sah man ihm an. Ich empfahl ihm, den Koffer auf das Bett oder den Boden abzustellen, was er schnell abwehrte. Als er es dann doch tat, fiel ihm was dabei aus dem Koffer. Ich wies ihn darauf hin, worauf die Antwort kam: "Ja, ich weiß", und zwar in einem sehr abwertenden Ton. Da wollte man mal nett sein.

Am Strand war er so richtig nur am Dienstag, wo er einen "Sonnenbrand" bekam, welchen ich nicht erkennen konnte, hatte ja genügend Chancen dazu. Dann blieb er im Hotel. Nur einmal abends, wo wir als fast komplette Gruppe am Strand saßen, schrieb er mir und Jan privat, ob wir noch da wären. Er war irgendwo in den Läden einkaufen. Jan ignorierte diese Nachricht, ich schrieb ihm mit etwas Pause dann "ja". Er kam dann sogar, nur um von mir den

Schlüssel zu bekommen, einfach perfekt. Einmal war er sogar kurz vormittags mit uns da, wo ein Mädchen mir erzählt hatte, dass sie sich von ihm beobachtet fühlen. Andre lag aber auch komisch auf der Decke, egal. Das Highlight war aber seine Frage, die an Ann- Kathrin gerichtet war, ob sie zusammen Schwimmen gehen wollen. Ann- Kathrin ist an sich ziemlich dumm, trotzdem fragt Andre sie immer um Hilfe in der Schule. Auch sonst spricht er sie so an, obwohl sie nichts von ihm will, daher erhielt er auch am Strand eine Absage.
Ach übrigens, Ann- Kathrin ist nicht nur dumm, sondern auch nicht schön, die beiden wären eigentlich ein Traumpaar.

Bevor wir jetzt zum Kapitel **Clubs** kommen, eine kleine passende Geschichte dazu. Wir wurden am Strand von einer Frau gefragt, ob wir am Donnerstagabend auf eine Party nur für Deutsche kommen wollen. 45€ Eintritt für Jungs, 42€ für Frauen, 15€ für Nichttrinker, dafür aber freie Getränke. Wir mussten nur am selben Abend noch die Karten dafür kaufen. Da Andre ja nicht das

Hotelzimmer verlassen wollte, schrieb er mir und Jan, wieder privat, vor dem Hingehen: "Im Zinmer liegen 40 Euro aufm Tisch". Schreibfehler passieren, aber was wir mit dem Geld machen sollten, wussten wir zwar, schrieb er aber nicht. Er hielt es wohl für selbstverständlich, dass wir für ihn laufen, mit so einer "netten" Nachricht. Ich wollte ihm erst fragen: "Und?", oder "Cool, schön für dich", ich ließ es aber. Als wir dann auf das Zimmer kamen, sprachen wir mit ihm und er kam mit. Dies wehrte aber nicht lange, denn in der Schlange für den Kartenverkauf lief er wieder im Kreis, gab uns das Geld und ging.

Die größte Gemeinheit von ihm habe ich mir für das Ende des Kapitels aufgehoben. Als ich nach dem Strand dreckig war, ging ich duschen.
Ich blieb aber danach oben ohne, um mir meine Bodylotion aus meinem Koffer zu holen, diese habe ich vergessen. Mein Sonnenbrand war nämlich bei weitem schlimmer als seiner, denn ich hatte schon Bläschen. Also, ich ging wie gesagt oben

ohne aus dem Badezimmer zu den Betten und da kam dieser Spruch aus dem Mund eines einundzwanzigjährigen, im Kopfe fünfjährigen, weit entfernten Bekannten: “Bei deiner Oberweite könnte man vermuten, dass du ein Mädchen bist”. In meinem Kopf kam schon der Spruch “Bei deiner Unterweite auch”. Ich antwortete jedoch nur: “Ja und du bist ein Hurensohn”. Er war so verwirrt und ich ging wieder mit der Bodylotion ins Badezimmer.

Kapitel IV, Andre in Clubs:

Am zweiten Tag gingen wir in den wohl größten Club der Stadt, dem "Tropics". Zu der Zeit ging es Andre ja gar nicht gut, daher kam er auch nicht mit.
Am Dienstag sind da immer bekannte Sänger, wie: Kreisligalegende, Ingo oder Isi Glück. Andre hat echt was verpasst. Am Mittwoch, dem dritten Tag, gingen wir in den Club "Revolution", wo wir durch so kleine geschenkte Coupons gratis Getränke bekamen, auf welche wir ewig warten mussten. Insgesamt war es dort langweiliger und die Musik war leiser. Andre hat sie irgendwie trotzdem gefühlt, er saß nämlich auf einem Hocker, hatte die Augen zu und schwenkte langsam den Kopf. Wegen den ganzen negativen Punkten, entschlossen wir, nochmal in "Tropics" reinzugehen. Auch dort saß Andre auf einem Stuhl, interessanterweise hat er sich zu einer Frau gesetzt und ich war sogar ein bisschen stolz auf ihn. Als ich ihn dann im Nachhinein fragte, wie es lief, meinte er, dass sie kurz geredet hätten. Doch als ihre

Gruppe kam und er sich was zu trinken holte, den von mir empfohlenen Drink, und er wieder kam, war sie weg. Dann setzte er sich zu uns. Wir, die allerdings standen. Blöderweise hat er sich jedoch in den Gang gesetzt und wurde die ganze Zeit angerempelt. Um zwei Uhr war er dann auch weg.

Am Donnerstag, dem letzten Abend, waren wir ja auf der Party im Alcatraz, welche nur für Deutsche war. Insgesamt 300 Personen, halb – halb. Dort haben wir uns alle was bestellt, auch Andre. Und nach dem zweiten Drink halt er so viel Müll gelabert, dass ich mir das gar nicht mehr merken konnte, ich hatte ja auch ein paar mehr als er.

Nach einiger Zeit, glaube so um eins oder zwei meinte er, dass es hier zu langweilig wäre und er zum "Tropics" gehen würde. Mir war es egal, jedoch habe ich keine Ahnung, wie er auf unser Zimmer gekommen ist. Ich und wahrscheinlich auch Jan schliefen und ich hatte den Schlüssel.

Mehr kann ich leider nicht über Andre in den Club schreiben, er war ja kaum da.

Kapitel V, die Abreise:

Wir verließen das Hotel um halb zehn. Der Bus hatte Verspätung, das war egal, wir mussten eh auf das Flugzeug warten. Deshalb haben wir uns erst was zu essen geholt und liefen ein bisschen rum. Die meisten waren dann auch krank, aber nur einer Corona. Jan, Nikita und ich liefen zusammen und saßen uns dann hin zum Warten. Auf einmal kam Andre, nachdem er wieder Informationsschilder fotografiert und in die Klassengruppe geschickt hatte, wo nichts Interessantes draufstand.
Er hat sich neben uns auf den Behindertensitz gesetzt, ich konnte mich zusammenreißen. Wie eine Klassenkameradin meinte, lief Andre erst den Mädels hinterher, bis sie zusammen aufs Klo gingen. Dort wartete er vor der Türe oder lief im Kreis. Die Mädels wollten eigentlich warten, bis er ging, was nicht funktionierte. Im Flieger saß ich zum Glück nicht wieder neben ihm, daher war es ein schöner Flug. Doch als wir in Düsseldorf landeten, war Andre einer der ersten, die

Aufstanden.
Unangenehm wurde es erst, als ein älteres
Ehepaar aufstehen wollte. Die Frau stand
schon und wartete auf ihren Mann. Dieser
konnte nicht aufstehen, weil dieser von
einem humpelnden Idioten gestört wurde,
welcher sich an der Frau verbeidrängen
wollte. Dann gab es ein kurzes Gespräch
und Andre war an ihnen vorbei. Ich weiß
nicht, wie Sie es sehen, ich hätte auf den
Mann gewartet.
Wir anderen standen erst auf, als die Reihe
vor uns auch aufstand.
Andre war ja schon vor uns, musste sogar
auf uns warten. Dennoch bat er uns, als wir
uns draußen gesammelt hatten, eben auf
ihn zu warten, da er aufs Klo müsste. Und
ja, es war ein Klo auf im Flugzeug und er
saß am Gang. Und auch ja, es dauerte
ziemlich lange, bis er wiederkam,
wahrscheinlich wegen seinem Bein.
Als er wiederkam, sagte er, dass wir endlich
loskönnten und lief zur Gepäckrückgabe
vor. Dort angekommen standen wir als
Gruppe zusammen, etwas weiter hinten. Als
ganze Gruppe? Nein, einer war ganz vorne

und wäre wieder fast in das Loch, wo die Koffer rauskommen, reingeklettert. Doch dann sah er seine große Liebe.
Ein kleiner Hund, ca. Armlänge, lief da lang und Andre hat sich inmitten von diesem Flughafen auf den Boden gelegt und diesen Hund gestreichelt, bis es der Hundebesitzerin zu komisch wurde und den Hund auf den Arm nahm. Traurig lief Andre wieder im Kreis, ganz hibbelig, wegen seinem Koffer. Und dann ging er, wie wirklich sehr oft in diesem Urlaub, an sein Handy, spielte wahrscheinlich Subway Surfer oder, wie er mir erzählte, die "Sendung mit der Maus"- App und verpasste wirklich diesen großen Moment, wo sein noch größerer Koffer auf dem Band an ihm vorbeifuhr. Wir alle konnten wegen dem Hund schon kaum noch atmen, doch das war einfach zu witzig.
Vor allem, als er dann seinen gelben Koffer sah und hinterher "rannte".
Dabei hatte er so ein riesiges Lächeln im Gesicht und sagte die ganze Zeit leise: >Koffer, Koffer, Koffer, …<. Chris war sogar so nett, ihm seinen Koffer vom Band zu

nehmen und mit diesem war Andre dann
auch wieder verschwunden. Er hat sich
hinter uns und einer Säule auf diesen
gesetzt. Auf der Suche nach dem Sky Train,
lief er wieder im Kreis, war kurz weg und
sprach fremde Leute an, während wir nach
den Sky Train suchten. Dieser war
ausgeschildert, es war eigentlich leicht.
Auf einmal schreit Andre durch den
Flughafen zu uns, dass wir mal kommen
sollten. Da sich keiner von uns sich auch
nur rührte, versuchte er es nochmal mit der
echt unangenehmen Art, bis er dann zu uns
kam.
Er wollte uns nur sagen, dass er wüsste, wo
die Sky Train wäre und wir ihm folgen
müssen. Ich sagte ihm, dass wir das schon
wussten, er war daraufhin genervt. Wir noch
mehr, da er wieder Kora ansprach wegen
der Rückfahrt und was er alles wusste. Ich
glaube, sie wurde sogar Rot vor Wut,
konnte sich aber zurückhalten.

Das wohl nervigste, was er gemacht hat,
war die Rückreise.
Und ja, strenggenommen hat er sie geplant.

Warum? Keine Ahnung. Die Klassenkameradinnen hatten ja schon die Fahrt mit den ganzen Umsteigemöglichkeiten geplant und Andre hat sogar selbst diese richtige Tour in unsere Klassengruppe geschickt. Doch als ein ganz anderer Zug auf demselben Gleis in die gleiche Richtung fuhr, jedoch mit viel mehr Orten, die dieser Zug anfuhr, was Andre auch wusste, stieg er einfach in diesen falschen Zug ein und wir ihm nach. Wir dachten, dass das der richtige war, ein paar Mädels merkten es, doch wir waren schon drin. Wir anderen mussten dann die ganze Zugreise nochmal anders planen, da die Mädels es nicht mehr wollten. Die waren so genervt von Andre. Dieser machte es nicht besser, als er sie auch noch anmeckerte und sogar laut wurde, drum rumstehende sahen ihn schon an. Er sah seinen Fehler null ein und entschuldigte sich auch nicht. Hätte er noch weiter auf den Mädels rumgehackt, hätte ich ihm keine Ansage gemacht. Er hielt zum Glück die Klappe und war sogar einmal im

fahrenden Zug auf einmal weg.
Später schickte er noch ein Bild rein, wo
stand, dass der richtige Zug auch
Verspätung hätte und sein Fehler nicht
schlimm war.
Trotzdem hat die Rückreise im Zug mehr als
eine ganze Stunde gedauert. Andre war
sogar eine Station früher aus dem Zug
gegangen, mit den kurzen, leisen Worten:
"Jooaa, Tschau".

Zu der Zeugnisübergabe oder der
Abschlussfeier kam er erst gar nicht.
Ich glaube, ich werde ihn auch nicht mehr
so schnell mehr sehen, hoffe ich zumindest.
Und dass er von keinem alkoholisierten
Klassenkameraden auf die Schnauze
bekommen hat, ist ein wahres Wunder.

Nachwort:

Zuerst einmal bedanke ich mich bei Andre, dafür, dass er mir so viel Vorlage geboten hat. Es war auch nur deswegen so komisch, dass es schon wieder witzig ist, da wir ihn nur kennen, nicht mal mögen.

Deswegen gab es Sticker und sogar ein Gedicht von/ über Andre.
Hier werde ich nur das Gedicht einfügen, welche von der Reise handeln. Die Sticker habe ich aufgrund personenbezogener Daten entfernt.

Viel Spaß und keinen Andre als Klassenkameraden.

Wer humpelt um 3 nackt ins Bad der Unholt den keiner mag.

Er wird schon von einem Bier besoffen und lässt beim kacken auch gern mal die Türe offen.

Mit seinem gelben Köfferchen ist er völlig angespannt wie ein behinderter durch die Gegend gerannt.

Nach 2 Stunden Flug konnte er es kaum erwarten sein hässlichen Koffer in der Hand zu halten.

Drum setzt er sich munter zu nem kleinen Hund hinunter.

Er legt sich neben dem Hündchen und streichelt es für n Stündchen.

Die Besitzerin war in Angst und Bange der Tritt ins Gesicht dauerte nicht mehr lange.

Doch stellt er sich nun vorne ans Band und wartet auf den Koffer, ganz gespannt.

Die Sendung mit der Maus wurde gespielt doch dies ihm vom Koffer herausziehen abhielt.

Der Unholt hatte die Chance vertan und rannte hinterher wie ein einbeiniger Schwan.

Auf der Reise spielt er munter seine Spiele für 4 Jährige Rauf und runter.

Reiseführer sollte er nicht werden sonst würden sich alle Hundebesitzer Beschwerden.

Das war der Diss zum Montag auf meine Art und Weise André ist Scheiße und morgen hoffentlich ganz leise 😁